L'ÉLÈVE DE MELPOMÈNE.

Y

L'ÉLÈVE DE MELPOMÈNE.

A M. TALMA.

PAR J. M. B.

. . . . . : Micat inter omnes,
. . . . . . Velut inter ignes
Luna minores. Hor.

A PARIS,
DE L'IMPRIMERIE DE GIGUET ET MICHAUD,
RUE DES BONS-ENFANTS, N°. 34.
Chez MARTINET, libraire, rue du Coq-St-Honoré,
ET CHEZ LES MARCHANDS DE NOUVEAUTÉS.

M. DCCC. VIII.

ENVOI A M. TALMA.

MODERNE ROSCIUS, que Paris étonné
Écoute chaque jour, et chaque jour admire,
Toi que la gloire a couronné,
Entends les faibles sons qui sortent de ma lyre.
Quel autre à mes premiers accords
A plus de droits que le génie?
Trop heureux si j'ai pu, par de dignes transports,
Peindre les sentiments de mon ame ravie!
Qui n'a point admiré tes sublimes talents,
Lorsqu'épuisant sur notre scène
Cet art qu'à son élève a transmis Melpomène,
Tu sais abuser tous nos sens,
Montrer à nos regards, par des secrets puissants,
Les héros de Rome et d'Athène,
Et les rendre encore plus grands?
Tu triomphes aussi sur la scène comique:
Favori de Thalie, ainsi que de sa sœur,
On te voit tour à tour enjoué, pathétique,
Inspirer aux Français le rire ou la terreur.

Ainsi jadis le vieux Protée,
Par des secrets miraculeux,
Tantôt en lion furieux,
Portait l'horreur dans l'ame épouvantée;
Tantôt en ruisseau gracieux,
Apparaissait à la vue enchantée.
Un monstre à tes côtés fait siffler ses serpents.
Mais que peut contre toi sa rage envenimée?
Hercule a-t-il péri sous l'effort du Pygmée? (*)
Tous ses traits seront impuissants.
Poursuis ta route glorieuse,
Où dès long-temps à plaire accoutumé,
Tu vois le spectateur charmé
Couronner chaque jour ton ardeur généreuse.
De tes travaux n'interromps point le cours.
Puissent les dieux et Melpomène
Sur tes destins veiller toujours!
Et que la main de la Parque inhumaine
Respecte encor long-temps la trame de tes jours!

(*) Tout le monde sait que ce vers est de Piron; mais on me pardonnera de m'en être servi en faveur de la vérité.

L'ÉLÈVE

DE MELPOMÈNE.

A M. TALMA.

Quand la Parque inflexible obéissant au sort
Enveloppa le Kain des ombres de la mort, (1)
Aux cris du désespoir Melpomène livrée,
Alla mouiller de pleurs sa tombe révérée;
Et foulant à ses pieds les attributs divins,
Le sceptre et le poignard dont elle arme ses mains,
On la vit égarée en sa douleur extrême
Arracher de son front le sanglant diadème,
Changer la pourpre auguste en vêtements de deuil,
Et pour trône choisir un funèbre cercueil.
Là, seule, abandonnée à ses tristes alarmes,
Chaque jour sur le marbre elle verse des larmes;
Elle arrête un instant le cours de ses sanglots,
Et sa bouche à la fin laisse échapper ces mots :

« Hélas! depuis dix ans de ma voix lamentable
» Je fatigue le ciel; le ciel inexorable
» Dix ans a rejeté mes regrets et mes vœux.
» Rien ne peut ranimer tes restes précieux,
» O le Kain! et la mort de sa main ennemie
» A pour jamais éteint le flambleau de ta vie.
» A peine, il m'en souvient, ton œil s'ouvrait au jour,
» Que prodiguant pour toi mes bienfaits, mon amour,
» Je t'ouvris vers la gloire une route nouvelle,
» Et te ceignis le front d'une palme immortelle.
» Les Français étonnés de tes mâles accents,
» S'empressaient de m'offrir leurs vœux reconnaissants.
» En foule dans mon temple ils célébraient ma fête;
» Et leurs mains de lauriers environnaient ta tête.
» Fallait-il, ô beaux jours, ô jours de ma grandeur,
» Qu'une profonde nuit voilât votre splendeur!
» Mon bonheur disparut: la fortune sévère,
» A mes prospérités égala ma misère;
» Temple, hommages, honneurs, tout périt sans retour,
» Et le Kain descendit au ténébreux séjour.
» Le Français insensible au deuil qui m'environne,
» Au front de la Folie a placé la couronne;
» D'une main sacrilège encense ses autels,
» Les orne chaque jour de présents criminels;
» Et pour de vils tréteaux désertant mon théâtre,
» Il va porter ailleurs son respect idolâtre.

» Fortune, que je hais, voilà donc de tes coups!
» Autant que tes bontés je ressens ton courroux;
» Je ne recherche plus ta faveur mensongère. . . . .
» Mais faut-il renoncer à ma gloire première?
» Faut-il pleurer toujours! » La déesse, en ces mots,
Seule, s'entretenait de l'excès de ses maux;
Lorsque triste, abattu, dans un morne silence,
Un mortel lentement vers ce tombeau s'avance.
Son jeune front voilé d'une sombre douleur,
Semble être appesanti sous le poids du malheur.
La déesse l'a vû; d'une voix formidable:
« Du séjour du trépas l'enceinte est vénérable,
» Mortel; crains d'y porter un pas audacieux.
» Le tombeau de le Kain est présent à tes yeux. »
Elle parle; et saisi d'une terreur sacrée,
Il s'arrête; ces sons, cette femme éplorée,
Qui porte en ses regards la tristesse et le deuil,
Le silence, la nuit, un grand homme, un cercueil,
Tout l'émeut: il lui semble au travers de cette ombre,
De le Kain sous ses pas entendre gémir l'ombre;
Il croit que de la tombe où dorment ses débris,
Il sort, et vient s'offrir à ses regards surpris.
Devant cette ombre auguste à la France si chère,
Il se prosterne, et baise une sainte poussière.
« Je ne viens point troubler le calme de ces lieux,
» Dit-il à Melpomène; en est-il sous les cieux

» De plus beaux, de plus doux pour mon ame attendrie?
» Sur le Kain expiré pleure encor ma patrie.
» En marchant sur ses pas, si je pouvais un jour
» Emporter ces regrets, mériter cet amour!
» Permets que pour son art plein d'une noble flamme,
» Sur ce marbre sacré je respire son ame. »
» — O mortel, né sensible! il recevra tes vœux.
» Combien ce doux tribut, cet hommage pieux,
» En consolant son ombre, auront pour lui de charmes!
» Ici, depuis dix ans je lui donne des larmes. . . . .
» Mais quoi! je vois aussi, je vois tes pleurs couler!
» Qui regrette un grand homme est fait pour l'égaler.
» C'est trop peu de gémir, c'est trop peu de lui rendre
» Ces devoirs que des morts nous demande la cendre;
» Laisse là ces regrets, ces stériles honneurs;
» Veux-tu servir ma cause et finir mes malheurs?
» — Parle, mon bras est prêt; j'embrasse ta querelle.
» Ce voile qui te couvre annonce une mortelle;
» Mais ta voix, ton maintien et cette majesté
» Révèlent à mes yeux une divinité;
» Je le sens au respect qu'inspire ta présence.
» Quelle main a donc pu renverser ta puissance?
» — Écoute, et plains mon sort. Jadis j'eus des autels,
» Où je reçus les vœux et l'encens des mortels.
» Du premier des beaux arts tu vois la souveraine:
» Et qui reconnaîtrait la triste Melpomène?

» Dans des climats déserts, témoins de mes douleurs,
» J'ai porté ma disgrâce et traîné mes malheurs.
» En tous lieux me poursuit ma misère importune.
» Pour achever le cours de ma longue infortune,
» J'invoque tous les dieux : aucun ne me répond.
» Regarde, on m'a laissé pour embellir mon front,
» Ces lugubres cyprès, ces vêtements funèbres,
» Ce marbre pour autel, pour flambeaux ces ténèbres.
» Mes temples abattus chez cent peuples divers,
» Aux regards étonnés attestent mes revers.
» Du malheur qui me suit, voilà quelle est l'image.
» — Ainsi donc un rocher, ou quelque antre sauvage
» Ont reçu Melpomène et caché ses tourments!
» Que ton sort est changé depuis ces heureux temps,
» Où d'un peuple poli dans la Grèce adorée, (3
» Autant que Jupiter on te vit honorée,
» Quand Sophocle, Euripide inspirés par ta voix,
» Du sceau du déshonneur marquaient le front des rois;
» Sur le trône peignaient l'inceste et l'adultère,
» Et du peuple contre eux excitaient la colère!
» — Vers ces lieux à regret je porte mes regards.
» Des brigands ont détruit la demeure des arts;
» Et la langue des dieux maintenant avilie,
» Dans un oubli fatal demeure ensevelie.
» Mon temple où de Platée on a vu les héros,
» Est le repaire impur des plus vils animaux.

» Et vous aussi, Romains, à mon culte infidèles, (4
» Vous avez abjuré mes fêtes solennelles.
» Que dis-je? dans ses murs Rome n'existe plus;
» Son nom seul vit encore et non pas ses vertus.
» — Tandis que les mortels déploraient ta mémoire,
» Aucun ne s'est levé pour proclamer ta gloire?
» — Dans un honteux repos tous étaient endormis;
» Je voyais mes honneurs partout anéantis.
» Voltaire enfin parut; et déjà dans la France
» Ce génie étonnant relevait ma puissance.
» Jamais de plus d'éclat mon front n'avait brillé.
» De la terre bientôt les dieux l'ont rappelé; (5
» La terre le pleura. Mes sœurs désespérées,
» Pâles, sur son tombeau gémissent éplorées;
» Et la Parque inflexible en terminant ses jours,
» De mes prospérités a suspendu le cours.
» Sur un triste cercueil, plaintive, délaissée,
» A peine on se souvient de ma grandeur passée.
» Mon fils (reçois ce nom digne de ton grand cœur)
» De mes autels brisés relève la splendeur.
» Que l'univers encore admire Melpomène,
» Et reconnaisse en moi sa seule souveraine.
» Loin de ce globe étroit et des yeux des mortels,
» Je garde de mon art les secrets éternels;
» Je vais te transporter dans ma demeure sainte,
» Dont jamais les vivants n'ont pénétré l'enceinte. »

A peine elle a parlé, qu'une épaisse vapeur
Descend, et les transporte en un monde enchanteur.
Non loin du temple auguste où réside la gloire,
S'élèvent les palais des filles de mémoire.
L'un simple avec grandeur arrête tous les yeux,
Et son immensité semble remplir les cieux.
Debout auprès du seuil, des spectres effroyables
Écoutent en tremblant les arrêts redoutables,
Par qui les scélérats sont à jamais flétris. (6
C'est là que Melpomène a transporté son fils.
Son regard étonné de ces scènes magiques,
Se prolonge et se perd sous d'immenses portiques.
Un immortel ciseau sur les murs du palais,
A retracé des rois les illustres forfaits.
Un poignard à la main interrogeant sa mère,
Hamlet avec fureur redemande son père; (7
Ici, croyant frapper un infâme assassin,
Mérope de son fils va déchirer le sein.
Othello dans sa couche étouffe son amante. (8
Là, plus féroce encore en sa rage sanglante,
Et d'un amour aveugle écoutant le courroux,
Rhadamiste égaré, Rhadamiste jaloux,
De cette même main de meurtre dégouttante,
Traîne au fond de l'Araxe une épouse innocente.
Là, Brutus instruisant le monde et son pays,
Livre au glaive des lois la tête de ses fils.

Du sang qui se révolte il entend le murmure;
Mais bientôt la patrie a vaincu la nature.
Pour s'instruire au forfait, le barbare Néron (9
Dans le sein de son frère a versé le poison.
Devant sa mère, calme, il écoute son crime.
Son ame ivre de sang cherche une autre victime,
Qui puisse contenter ses désirs furieux,
Et le noir parricide étincelle en ses yeux.
Plus loin paraît encor ce Romain inflexible, (1°
Idolâtré du peuple, au sénat si terrible,
Qui devait renverser ce colosse imposant,
Et sur ses vains débris s'élever triomphant.
Le plus cher des amis trompe ton espérance,
Manlius; mais déjà s'apprête la vengeance.
Je vois le fer briller dans ta terrible main.
« Tremble, Servilius, la mort est dans ton sein. »
Mais la voix de l'honneur vient de se faire entendre,
Et ce sang ne vaut plus qu'on daigne le répandre. (11

Tandis que ces objets retracés avec art,
Du fils de Melpomène attiraient le regard;
Du temple tout à coup les portes retentirent,
Et sur leurs gonds d'airain avec fracas s'ouvrirent.

A peine il est entré, qu'il voit près d'un cercueil
Une femme plaintive et couverte de deuil; (12
Sur son front obscurci sont peintes les alarmes,
Et son œil languissant verse de douces larmes.

Plus loin le fer en main, un fantôme hideux,
Du sang qu'il a versé semble assouvir ses yeux.
Il sourit sur le corps de sa triste victime;
Mais voyant sous ses pas s'entrouvrir un abîme,
Des serpents s'agiter, se presser sur son cœur,
Son front se couvre alors d'une affreuse pâleur.
A son aspect, saisi d'une terreur secrète,
Le fils de Melpomène épouvanté, s'arrête:
« Quel est, demande-t-il, ce fantôme effrayant,
» Dont le bras est armé d'un glaive étincelant;
» Et près de ce tombeau cette femme éplorée,
» D'un long voile de deuil tristement entourée?
» Tu vois, dit la déesse, oui tu vois, ô mon fils,
» De mon art enchanteur les immortels appuis;
» Ces deux sœurs tour à tour vont regner au théâtre,
» Et partager les vœux d'une foule idolâtre;
» L'une par sa tristesse inspire la douleur,
» L'autre saisit, émeut, glace le spectateur.
» Ici, c'est la Pitié de nos maux attendrie,
» Qui mouille de ses pleurs une tombe chérie.
» Entends à ses côtés des mortels malheureux,
» De reproches cruels importuner les cieux.
» Électre dans ses mains tient l'urne cinéraire, [13]
» Et pendant qu'il respire, elle pleure son frère;
» Hécube dans les fers en proie à ses ennuis, [14]
» Évoque en gémissant les mânes de ses fils.

» Plus loin, c'est la terreur de remords oppressée;
» Sa langue dans sa bouche est muette et glacée.
» Sa prunelle immobile est rouge de fureur,
» Et le feu de l'enfer brûle au fond de son cœur.
» Vois comme sur son front ses cheveux se hérissent,
» Et de son corps tremblant les membres se roidissent.
» Regarde sous ses pieds des autels renversés,
» Des trônes, des poignards autour d'elle entassés;
» La vengeance, la rage et la haine homicide
» Présenter le poison à sa bouche livide.
» Des spectres à sa voix sortent de leurs tombeaux.
» De son frère égorgé dispersant les lambeaux,
» Médée à son amour mesure tous ses crimes, (15
» Et ses propres enfants deviennent ses victimes.
» Veux-tu revoir Atrée et son affreux festin? (16
» Regarde : la vengeance est déjà dans sa main.
» A la face des dieux, il remet à son frère
» Pour gage de la paix, la coupe héréditaire.
» Que fais-tu, malheureux? Thyeste, entends mes cris.
» Ce sang qu'on te présente, est le sang de ton fils.
» Vois plus loin sous le bras du destin qui le guide, (17
» Oreste malgré soi, criminel, parricide;
» Vois ses membres couverts d'une froide sueur,
» Ses cheveux hérissés, son front pâle d'horreur.
» Comme par le remords son ame est déchirée!
» Croyant apercevoir sa mère massacrée,

» Il veut fuir; mais l'enfer s'entrouvre sous ses pas,
» Et lui montre de loin les horreurs du trépas.
» Imite ses remords, ses accents redoutables,
» Et retrace aux regards ces scènes effroyables.
» C'est peu de les sentir; il faut que ces fureurs
» Se peignent dans tes yeux pour passer dans les cœurs.
» Quand le Kain soutenait l'honneur de Melpomène,
» La sensible Pitié le suivit sur la scène.
» Par elle il retraça les illustres malheurs,
» Et des yeux attendris coulaient souvent des pleurs.
» La terreur désormais marchera la première, (18
» Et guidera tes pas dans une autre carrière.
» Un jour, mon fils, un jour de ta gloire étonné,
» Le Français bénira le siècle fortuné,
» Qui te vit le front ceint d'une palme si belle,
» Parcourir sans rivaux une route nouvelle ».
Elle dit : cependant les mortels révérés,
Par sa céleste voix sur la terre inspirés,
Au fond d'un sanctuaire impénétrable, immense,
De leur divinité célébraient la puissance.
Sur un siège éclatant chacun d'eux est assis.
Dans l'enceinte sacrée elle conduit son fils;
Et le sceptre à la main, se place sur son trône :
« Mortels, devenus dieux, soutiens de ma couronne,
» Dit-elle, partagez ma joie et mes transports.
» Que votre sainte ivresse et vos divins accords,

» De ce jeune mortel célèbrent la présence.
» Il doit bientôt paraître aux regards de la France;
» Le Kain va retrouver un digne successeur,
» Vous tous un ferme appui, Melpomène un vengeur.
» Je l'adopte pour fils : sa main, sa main puissante
» Soutiendra sur mon front ma couronne éclatante.
» L'univers en voyant mon règne glorieux,
» Reconnaîtra la sœur et la fille des dieux. (19)
» Long-temps, vous le savez, j'ai gémi sur la terre;
» J'ai vu sur mes autels descendre le tonnerre.
» Vous-même, dont jadis les sublimes écrits,
» Par la voix de le Kain enchantaient tout Paris,
» Vos vers pour les Français n'ont plus les mêmes charmes,
» Et d'un public ému n'excitent plus les larmes.
» Consolez-vous : bientôt jusques aux cieux portés,
» Vos noms chez les humains seront encor vantés;
» Relevant de l'oubli votre gloire éclipsée,
» Ce mortel lui rendra sa splendeur effacée.
» Toutefois, mon cher fils, je ne le cèle pas,
» Mille obstacles bientôt vont naître sous tes pas;
» Des ennemis secrets chercheront à te nuire;
» Jaloux de tes honneurs, ils voudront les détruire.
» Sur toi l'affreuse envie a jeté son regard.
» Je vois sa main livide aiguiser le poignard;
» Je l'entends appeler la discorde et les haines.
» Déjà le froid venin a coulé dans ses veines :

» Le poison est tout prêt. Le dernier des humains (26
» Doit seconder sa rage et ses affreux desseins.
» Dans le sein de ce monstre, active, impatiente,
» Elle verse le fiel de sa bouche écumante.
» Misérable! il croit donc sous un bras impuissant,
» Du mortel que je guide accabler le talent!
» Ne crains rien, ô mon fils, de sa vaine colère.
» Regarde sur leur trône et Racine et Voltaire:
» J'ai vu de tous côtés d'obscurs blasphémateurs
» Insulter ces mortels par de lâches clameurs.
» Pareils en leur audace aux enfants de la terre,
» Ils prétendaient aux dieux arracher le tonnerre;
» Mais ces géants d'un jour n'ont fait que se montrer,
» Et bientôt dans la poudre on les a vu rentrer.
» Leurs noms ont disparu, quand celui de Voltaire,
» Plus auguste et plus grand remplit toute la terre.
» Imite son courage en lisant ses écrits.
» Du charme de ses vers en tous les temps épris,
» Et du feu de son ame échauffant ton génie,
» Dans le vaste avenir éternise sa vie.
» Enrichi de mes dons, je veux que le Français,
» De mon culte oublié sente tous les attraits.
» Va chez ce peuple aimable, épris de mes spectacles,
» De mon art si puissant étaler les miracles.
» A la voix d'un grand homme, instruisant l'univers,
» D'un trop long esclavage il a brisé les fers.

» Que tes mâles accents allument dans son ame
» Et la liberté sainte et sa brûlante flamme;
» Qu'il apprenne à chérir et son culte et ses lois,
» En voyant les forfaits qui pèsent sur les rois. »
La déesse à ces mots descendant de son trône,
Sur le front de son fils dépose une couronne,
Et d'un poignard sanglant arme son jeune bras.
Il sort, et la terreur a devancé ses pas.
Plein de cet avenir qu'en pensée il dévore,
Hors du temple il s'arrête, écoute et doute encore.

NOTES.

1) Enveloppa le Kain des ombres de la mort.

« Le grand acteur, dit Laharpe, celui qui a porté le » plus loin les sentiments et l'expression de la tragédie, » est mort dans sa quarante-neuvième année, et a été en- » levé tout à coup à sa gloire, à nos plaisirs et à nos » espérances. Le soir même (du 8 février 1778) le par- » terre demanda de ses nouvelles à l'acteur qui annon- » çait, et qui ne répondit que par ces mots : *Il est mort.* » Ces mots furent répétés dans toute la salle avec un cri » de douleur auquel succéda un silence de consternation. » Cette perte a mis le théâtre et la littérature en deuil : je » la crois irréparable. »

(*Corresp. avec le grand-duc de Russie.*)

Non, elle ne l'est pas ; le Kain a trouvé un successeur digne de lui. Que le théâtre et la littérature se consolent, ils ont maintenant un ferme soutien.

2) Le Français insensible au deuil qui m'environne.

Voltaire disait, dans son Épître à Mlle. Clairon :

La barbarie approche : Apollon indigné
Quitte les bords heureux où ses lois ont régné ;

Et, fuyant à regret son parterre et ses loges,
Melpomène avec toi fuit chez les Allobroges.

Bientôt vinrent les mélodrames, ouvrages absolument contraires au bon goût, où le cœur n'éprouve aucune sensation, et qui ne servent qu'à flatter quelquefois les yeux. On sait avec quelle ardeur le public s'est porté aux théâtres des boulevards. Malheureusement la contagion s'est répandue, et les autres théâtres, pour attirer du monde, n'ont que trop souvent imité ces pièces monstrueuses.

3) Où d'un peuple poli dans la Grèce adorée.

C'est dans la Grèce que la tragédie a pris naissance; et c'est cette même contrée qui nous a fourni les beaux modèles dans cette partie de la littérature. En effet, les Romains n'ont fait que suivre servilement la route ouverte par les Grecs : ils n'ont point reculé les bornes de l'art. Une telle gloire était réservée à Corneille et à ses successeurs.

4) Et vous aussi, Romains, à mon culte infidèles.

Les théâtres à Rome étaient d'une grande magnificence. Celui de Pompée contenait quarante mille spectateurs, et celui de Scaurus quatre-vingt mille. Voici comme Pline le naturaliste parle de ce dernier : « La scène, com-
» posée de trois ordres, était soutenue par 360 colonnes.
» Le premier était de marbre, le second de verre, genre
» de luxe dont on n'a plus revu d'exemple, et le dernier

» était de bois doré. Les colonnes du premier ordre avaient » 38 pieds. Les statues d'airain placées dans les entre» colonnements étaient au nombre de trois mille. »

(*Trad. de M. Gueroult.*)

5) De la terre bientôt les dieux l'ont rappelé.

Voltaire est mort quelques mois après le Kain. L'un a été remplacé ; quand l'autre le sera-t-il?

6) Par qui les scélérats sont à jamais flétris.

Le but moral de la tragédie est de flétrir le vice dans ceux qu'il a déshonorés, et d'inspirer l'amour de la vertu.

7) Hamlet avec fureur redemande son père.

Cette pièce de Ducis, malgré la faiblesse du premier acte et du dénouement, se soutiendra toujours par ses grandes beautés, qu'il est impossible de ne pas sentir. Le rôle d'Hamlet est fort pénible; mais il n'est point de fatigues pour le grand acteur qui le joue : l'amour de son art lui fait vaincre tous les obstacles.

8) Othello dans sa couche étouffe son amante.

C'est un des plus beaux rôles de Talma, qui fait dresser les cheveux dans la scène où Othello tue son amante. Dans la pièce anglaise, il l'étouffe.

9) Pour s'instruire au forfait le barbare Néron.

A la fin de *Britannicus*, lorsque Néron quitte sa mère, la physionomie de l'acteur est si belle, que tout le monde lit dans ses yeux le crime horrible qu'il doit bientôt commettre. C'est la figure d'un tyran, d'un parricide, d'un Néron.

10) Plus loin paraît encor ce Romain inflexible.

Manlius est la seule pièce de Lafosse qui soit restée au théâtre. « Elle serait placée au rang des chefs-d'œuvre, » dit Laharpe dans son *Cours de Littérature*, si le style » était plus poétique; le plan est sans reproche, et les ca- » ractères parfaitement tracés. » Talma est sublime dans ce rôle; plus on l'a vu, plus on veut le voir, surtout dans la scène de Manlius et de son ami : *Connais-tu bien la main de Rutile?* On ne se croit plus au théâtre, mais dans le lieu même où l'action se passe. Quel acteur que celui qui sait produire de telles illusions!

11) Et ce sang ne vaut plus qu'on daigne le répandre.

Ton sang valait alors qu'on daignât le répandre,

dit Manlius à son ami.

12) Une femme plaintive et couverte de deuil.

La terreur et la pitié sont les grands ressorts de la tragédie. Tout l'art consiste à bien employer ces deux passions. Pour faire éprouver la première, il ne faut pas avoir recours, comme sur le théâtre anglais, à des moyens que le goût réprouve. On peut nous émouvoir, sans nous révolter.

13) Électre dans ses mains tient l'urne cinéraire.

Il y a deux *Electres*, celle de Crébillon, et celle qui est dans l'*Oreste* de Voltaire.

14) Hécube dans les fers en proie à ses ennuis.

Hécube est un des personnages dans les *Troyennes* d'Euripide.

15) Médée à son amour mesure tous ses crimes.

Corneille a fait une *Médée* qu'on ne joue plus; celle de Longepierre est seule restée au théâtre.

16) Veux-tu revoir Atrée et son affreux festin?

Atrée et Thyeste occupe le second rang dans les pièces de Crébillon; car *Rhadamiste* lui est supérieur, selon l'opinion de Laharpe, soit pour le style, soit pour les caractères. Le premier acte est faible.

17) Vois plus loin sous le bras du destin qui le guide.

Il y a au théâtre plusieurs Orestes. Racine le premier a dessiné ce caractère. Crébillon, Guimond de Latouche, Voltaire l'ont également tracé avec succès.

18) La terreur désormais marchera la première.

Le Kain s'était élevé trop haut, pour qu'en suivant la même route, on pût jamais l'atteindre. Il ne restait plus qu'à le suivre avec plus ou moins de succès. Il fallait donc ouvrir une nouvelle route. C'est ce que le génie seul pouvait faire, c'est ce que le génie a fait.

Voltaire, dans la même Épître que j'ai déjà citée, s'exprime ainsi :

La médiocrité couvre la terre entière ;
Les mortels ont à peine une faible lumière,
Quelques vertus sans force et des talents bornés.
S'il est quelques esprits par le ciel destinés
A s'ouvrir des chemins inconnus au vulgaire,
A franchir des beaux-arts la limite ordinaire,
La nature est alors prodigue en ses présents ;
Elle égale dans eux les vertus aux talents.

La terreur désormais marchera la première. Melpomène ne prétend point pour cela que la pitié ne suivra pas son élève. Elle aurait bien tort de le dire ; et nous voyons que cet élève sait aussi inspirer cette passion, surtout dans la belle scène de Pylade et d'Oreste, de Guimond de Latouche.

19) Reconnaîtra la sœur et la fille des dieux.

Les Muses étaient filles de Jupiter et sœurs d'Apollon.

20) Le poison est tout prêt. Le dernier des humains.

Si quelqu'un pouvait le méconnaître, je lui dirais que je parle du frelon du siècle, qui ne cesse de nous étourdir par son bourdonnement. Plus on brille, et plus on est exposé à ses piqûres. Heureusement on sait qu'elles ne sont point mortelles.

Certainement Horace songeait à quelqu'un de son espèce en faisant ce vers :

Non missura cutem, nisi plena cruoris, hirudo.

Tel se porte encore fort bien, à qui cette sangsue aurait voulu ne pas laisser une goutte de sang dans les veines.

LE PRINTEMPS.

A MADAME V*****.

Venez tous avec moi, sur ces monts de verdure,
Rendre hommage au printemps et bénir la nature.
LEMIÈRE, *Fastes*, ch. 5.

ENVOI A MADAME V*****.

J'ai voulu chanter la nature,
Lorsqu'au retour du doux printemps,
Elle recouvre sa verdure,
Et de ses prés éblouissants
La fraîche et riante parure.
En la peignant, je peignais vos attraits.
Comme elle vous savez nous plaire,
Sans emprunter de l'art la faveur mensongère.
Quand j'aperçois votre grâce légère
Et la beauté qui brille dans vos traits,
Je crois la voir aux rayons de l'aurore,
Échappant des bras du sommeil,
Le sein paré des doux présents de Flore,
Par un sourire annoncer son réveil.
Ainsi que le printemps, votre aimable présence
Pour nous est pleine de douceur.
Je connais bien votre indulgence,

Je la réclame comme auteur.
Daignez, agréant cet ouvrage,
Accorder à mes vers votre aimable suffrage :
Vous m'accorderez le bonheur.

LE PRINTEMPS.

La nuit quittant les cieux sur un char de ténèbres,
Venait de replier ses longs voiles funèbres.
La nature brillante et jeune à son réveil,
Pour moi semblait sortir de son premier sommeil;
J'écoutais son silence, et mon ame attendrie
Sentait naître déjà la vague rêverie.
Tout à coup, entouré de l'essaim des plaisirs,
Et porté mollement sur l'aile des zéphirs,
Au milieu des concerts d'une sainte allégresse,
Paraît un dieu : son front où brille la jeunesse,
La grâce, la beauté, la céleste douceur,
Ne porte point le feu de ce courroux vengeur,
Dont s'arment les regards du maître du tonnerre,
Quand il saisit la foudre et fait trembler la terre.
Je reconnais les traits de l'aimable printemps.
L'or de sa chevelure, agité par les vents,

La guirlande de fleurs qui couronne sa tête,
Les Grâces le suivant pour embellir sa fête,
L'Amour avec son arc, son carquois, et ses traits,
Momus et ses grelots, Vénus et ses attraits :
Tout ce riant tableau qu'à mes yeux il présente,
Semble agrandir pour moi sa marche triomphante.
Son regard où se peint la douce majesté,
Porte en tous lieux le calme et la sérénité.
La terre à son aspect tressaille d'allégresse.
Dans le premier transport de son aimable ivresse :
« Je vois, dit-elle, enfin je vois briller ces jours,
» Que mes vœux imploraient, qui me fuyaient toujours.
» Il m'est enfin rendu cet époux que j'adore;
» Je pleurais son absence, et mes larmes encore.....
» Cesse, répond le dieu, de répandre des pleurs.
» Je ne connais que trop l'excès de tes douleurs;
» Ton époux vient finir tes plaintives alarmes,
» Réparer ta disgrâce et te rendre tes charmes. »
Il commande à l'orage, aux autans furieux
D'aller fixer ailleurs un empire odieux.
Couvert d'épais glaçons et portant sur la tête,
Au lieu du diadême une sombre tempête,
Le triste hiver, courbé sous d'épaisses vapeurs,
S'enfuit, et dans le Nord va semer ses fureurs.
Cependant le soleil recouvre sa lumière,
Environné de gloire, il ouvre sa carrière,

Il s'élance; et bientôt ardent, ambitieux,
En superbe géant s'assied au haut des cieux, (a)
D'où versant à grands flots sa lumière féconde,
Immobile, il éclaire et voit rouler le monde.
　De l'époux généreux qui lui rend ses attraits,
La terre avec orgueil contemple les bienfaits;
Et lui-même ravi de la trouver si belle,
Sourit à son ouvrage et s'admire dans elle.
Il lui rend ses bosquets, ses fleuves orgueilleux,
Ses beaux lacs, son beau ciel, ses bois silencieux;
Et détachant enfin la brillante ceinture,
Dont ce dieu doit orner le sein de la nature:
« Allez, dit-il alors, allez, aimables fleurs,
» Dans les champs rajeunis, marier vos couleurs;
» Répandre vos parfums dans les humbles bocages,
» Et du ruisseau limpide embaumer les rivages.
» Recommencez vos chants, aimez, charmants oiseaux;
» Hâtez, croissez votre ombre, ô jeunes arbrisseaux.
» Ne craignez point l'hiver: sa mortelle froidure
» Ne viendra plus flétrir votre tendre verdure.
» Habitants des hameaux, écoutez tous ma voix.
» Il est temps de goûter le doux calme des bois,
» D'appeler aux plaisirs les timides bergères,
» D'entrelacer vos pas dans vos danses légères.
　» Et vous, qui dans l'ennui des bruyantes cités,
» Consumant vos beaux jours au sein des voluptés,

» Esclaves enchaînés au char de la fortune,
» Traînez dans les dégoûts une vie importune :
» Ah! loin de la mollesse et d'un monde imposteur,
» Venez tous en ces lieux qu'habite le bonheur. (3
» Vous n'y trouverez point ces superbes portiques,
» Qui parent de vos rois les palais magnifiques,
» Ni le cristal, ni l'or où souvent la raison
» Éteint son pur flambeau dans un mortel poison.
» Nos trônes sont des fleurs; nos biens, une fontaine,
» Le troupeau qui mugit, qui bondit dans la plaine;
» Les bosquets, les hameaux, les grottes et les bois,
» Voilà les seuls palais d'où je dicte mes lois.
» Venez, mortels, venez retrouver l'existence,
» Goûter les plaisirs purs que donne l'innocence.
» Je veux par mes bienfaits consoler les humains,
» Et leur rendre des jours plus doux et plus sereins. »
Le dieu parle, et de fleurs la terre se colore :
D'un souffle créateur il les a fait éclore.
Sur un trône éclatant le lis majestueux
S'élève, et règne au loin sur un empire heureux;
Au milieu des gazons l'obscure violette
Paraît fuir les mortels et leur vue indiscrète;
Le narcisse amoureux de ses propres attraits, (4
Dans le flot transparent semble chercher ses traits;
La rose enfin se montre et brille sans rivale. (5
Quelle fleur oserait se croire son égale?

Dans le fond des vallons le Printemps en vainqueur
Descend, et fait rouler son char triomphateur.
On voit et les bergers et leurs jeunes compagnes,
Déserter les hameaux, inonder les campagnes.
Pleins d'une sainte ivresse ils célèbrent en chœur
Le retour du Printemps qui leur rend le bonheur.
Au dieu qu'ils bénissaient cette hymne fut chantée,
Et l'écho du vallon jusqu'à moi l'a portée.

Salut, Printemps, honneur des cieux,
Salut, roi de la terre ;
Reçois notre hommage pieux,
Notre culte sincère.
Regarde partout tes autels
Chargés de nos offrandes,
Vois partout la main des mortels
Les orner de guirlandes.

L'affreux hiver glaçait nos cœurs
De son aspect sauvage ;
Son souffle impur séchait les fleurs
Qui parent le bocage :
Tu parais, et brisant les fers
Dont sa main nous enchaîne,
Ton bras délivre l'univers
De sa rage inhumaine.

Oui, le monstre a fui ce séjour :
La nature respire.
Par toi l'Amour, le tendre Amour
Rentre dans son empire;
Il conduit vers le jeune oiseau
Sa compagne amoureuse;
Il fait gémir le tourtereau
Et la colombe heureuse.

Tu fais éclore sous tes pas
Mille fleurs odorantes ;
La Nymphe en orne ses appas
Et ses grâces décentes.
O combien ton règne enchanteur
Embellit le village!
Si tu fuis, les jeux, le bonheur
S'enfuiront du bocage.

NOTES.

PARMI les descriptions que les poètes anciens et modernes ont données du printemps, la plus belle sans doute est celle de Virgile, dans le second livre de ses *Géorgiques*. Sous quelles images riantes et gracieuses il peint le mariage de l'air et de la terre!

Tùm pater omnipotens fœcundis imbribus æther
Conjugis in gremium lætæ descendit, et omnes
Magnus alit, magno commixtus corpore, fœtus, etc.

Tout le monde connaît la traduction de M. Delille.

1) Je ne connais que trop l'excès de tes douleurs.

Il n'est point de saison où la terre éprouve autant de calamités que dans l'hiver. Les tempêtes, les inondations, tout se réunit contr'elle. On sait les désastres arrivés dernièrement en Hollande et sur les côtes de la Manche. Chaque jour nous apprenions de nouveaux malheurs.

2) En superbe géant s'assied au haut des cieux.

J. B. Rousseau a dit, en parlant du soleil:

L'univers en sa présence
Semble sortir du néant;
Il prend sa course, il s'avance
Comme un superbe géant.

C'est la traduction de ce passage de l'Écriture: *Lætus exiliit ut gigas ad percurrendam viam.*

3) Venez tous en ces lieux qu'habite le bonheur.

Je crains que les riches habitants de la capitale ne se rendent point aussitôt à l'invitation que leur fait le printemps. C'est cependant dans cette saison riante, qu'ils devraient jouir du spectacle de la campagne, au lieu d'y rester pendant l'automne, dont les nuits sont longues, les matinées très froides, et les soirées humides. Les champs alors s'attristent et perdent toute leur beauté.

4) Le narcisse amoureux de ses propres attraits.

Dans sa jolie pièce sur les fleurs, Parny a dépeint le narcisse avec cette grâce et cette élégance qui font le charme de tous ses ouvrages.

Des feux du jour évitant la chaleur,
Ici fleurit l'infortuné Narcisse;
Il a toujours conservé la pâleur
Que sur son front répandit la douleur.
Il aime l'ombre à ses ennuis propice;
Mais il craint l'eau qui causa son malheur.

5) La rose enfin se montre et brille sans rivale.

On reconnaît le même écrivain dans ces vers sur la rose:

De Cythérée elle est la fleur chérie,
Et de Paphos elle orne les bosquets;
Sa douce odeur aux célestes banquets
Fait oublier celle de l'ambroisie.
Son vermillon doit parer la beauté;
C'est le seul fard que met la volupté;
A cette bouche où le sourire joue,
Son coloris prête un charme divin;
De la pudeur elle couvre la joue,
Et de l'aurore elle rougit la main.

LE RETOUR.

(FRAGMENT.)

JE vais donc vous revoir, après deux ans d'absence,
Lieux chéris, lieux témoins des jeux de mon enfance!
Vallons, où j'essayai mes pas encor tremblants,
Que vous rappellerez de souvenirs charmants!
Je me dirai : voici cet arbre héréditaire,
Qui me couvrait jadis d'une ombre tutélaire.
Plus loin viendront s'offrir ces paisibles ruisseaux,
Qui me désalteraient du cristal de leurs eaux.
Dieux! avec quels transports et quelle douce ivresse,
Je baignerai bientôt de larmes de tendresse
Ces parents, ces amis, dont le doux souvenir
Dans un pénible exil me tint lieu de plaisir!
O divine amitié! passion noble et pure,
Que versa dans nos cœurs la main de la nature!
Amitié! que ton nom a de charmes touchants!
Qu'il répand de douceurs sur nos premiers moments!

Malheureux le mortel, dont la triste jeunesse
N'a jamais entendu ta voix enchanteresse !
Seul, errant dans le monde, et manquant de soutiens,
Il ignore le prix de tes doux entretiens.
Quel charme, relégué sur des plages lointaines,
De dire à son ami ses plaisirs et ses peines!
O vous ! qui m'avez fait connaître le bonheur,
Recevez le tribut que vous offre mon cœur,
Ah! recevez les sons de ma lyre imparfaite
L'amitié fut du moins la muse du poète.

www.ingramcontent.com/pod-product-compliance
Ingram Content Group UK Ltd.
Pitfield, Milton Keynes, MK11 3LW, UK
UKHW020456230726
13925UKWH00005B/1976